MAIRIPORÃGAS
MITOS INDÍGENAS DO SUDESTE

YAGUARÊ YAMÃ E IKANÊ ADEAN

MAIRIPORÃGAS
MITOS INDÍGENAS DO SUDESTE

Ciranda Cultural

Esta é uma publicação Principis, selo exclusivo da Ciranda Cultural
© 2024 Ciranda Cultural Editora e Distribuidora Ltda.

Texto
© Yaguarê Yamã e Ikanê Adean

Editora
Michele de Souza Barbosa

Preparação
Adriane Gozzo

Revisão
Fernanda R. Braga Simon
Flavia Bernachi

Produção editorial
Ciranda Cultural

Diagramação
Linea Editora

Design de capa
Ana Dobón

Ilustrações
Laerte Silvino

Dados Internacionais de Catalogação na Publicação (CIP) de acordo com ISBD

Y192m	Yamã, Yaguarê.
	Mairiporãgas - mitos indígenas do Sudeste / Yaguarê Yamã ; Ikanê Adean ; ilustrado por Laerte Silvino. - Jandira, SP : Ciranda Cultural, 2024. 80 p. : il; 15,50cm x 22,60cm. - (Mitos indígenas do Brasil).
	ISBN: 978-65-261-1506-0
	1. Literatura infantojuvenil. 2. Cultura indígena. 3. Lendas. 4. Pluralidade cultural. 5. Regionalismo. 6. Brasil. 7. Povos tradicionais. I. Adean, Ikanê. II. Silvino, Larte. III. Título. IV. Série.
2024-2069	CDD 028.5 CDU 82-93

Elaborado por Lucio Feitosa - CRB-8/8803

Índice para catálogo sistemático:
1. Literatura infantojuvenil 028.5
2. Literatura infantojuvenil 82-93

1ª edição em 2024
www.cirandacultural.com.br
Todos os direitos reservados.
Nenhuma parte desta publicação pode ser reproduzida, arquivada em sistema de busca ou transmitida por qualquer meio, seja ele eletrônico, fotocópia, gravação ou outros, sem prévia autorização do detentor dos direitos, e não pode circular encadernada ou encapada de maneira distinta daquela em que foi publicada, ou sem que as mesmas condições sejam impostas aos compradores subsequentes.

A ELIANE POTIGUARA,
ESCRITORA.

SUMÁRIO

Prefácio 9

Sumé 12

Itakulumis, os meninos de pedra 16

Mojy Guasú e Mojy Mirim 21

Potuverá, Flor Dos Espíritos 23

Yasy, A Deusa-Lua 25

Arasy 27

Tisê, a deusa do submundo 29

Anhanga, o espírito da caça 32

Yaguareté-abá 36

Kujãn 40

A lenda da cachoeira amorosa 44

Apoyawewe 47

Tamakavi, o gigante do vale do rio Tietê 50

Anhangabaú, o vale do espírito da caça 52

Ituverá, a cachoeira mágica 54

Votuporanga 56

Tietê, o sabiá-verdadeiro 58

Sasy-pererê 61

A gruta dos amores 63

Itáyuba, o gigante de pedra 65

Yara 67

Choro do ypê 70

A origem dos diamantes 72

Timburibá 74

Konãgxeka, o dilúvio maxacali 77

Glossário 79

PREFÁCIO

Lugar de riqueza cultural nativa, pela região Sudeste passaram povos que atualmente não existem mais como etnia. Extintos, apenas fazem parte da história da localidade, como o poderoso e temido povo goitacá, o povo krenyê, o povo coroado, entre outros. Alguns povos são resistentes, como os puris e os guaianás, que se reergueram recentemente e hoje tentam provar que não foram extintos. Outros permaneceram no próprio território, mesmo sofrendo toda sorte de preconceito, não se deixaram abater. Já outros, por sofrer seguidas perseguições, tiveram de migrar para novos lugares. Mesmo assim, todos eles mantiveram sua cultura, e, ainda hoje, sua mitologia serve de inspiração a tantas outras etnias.

SUMÉ

Mito tupiniquim e tupinambá

Para os povos tupinambás e tupiniquins, Sumé é a divindade que rege as leis, a cultura, a arte e a sabedoria. Assim, é responsável por transmitir conhecimento às pessoas e sabedoria aos pajés.

Ainda que varie de características, principalmente após a chegada dos portugueses ao Brasil, cujos religiosos cristãos compararam Sumé a Tomé, discípulo de Jesus, e lhe conferiram aparência branca europeia, o mito original descreve essa divindade como um homem indígena de pele clara. Além disso, diz-se que é capaz de flutuar e chegou ao mundo vindo do mar.

Sobre a comparação de Sumé a Tomé, os colonizadores, ao tentar introduzir o catolicismo aos povos indígenas, depararam-se com um conjunto de crenças consolidadas, entre elas o mito do "herói civilizador", o qual, após viver entre os tupinambás e os tupiniquins, resolveu deixá-los, adentrando o mar e sumindo no horizonte, com a promessa de retorno. Logo, no imaginário jesuíta, Sumé passou a ser Tomé e, desde então, a usar roupas e barba branca, ao estilo europeu de ver o mundo.

Para os povos indígenas de origem tupi, no entanto, isso nada mudou sua relação com o deus cultural cujo mito retrata um passado distante e percorre lugares longínquos do litoral brasileiro, pregando a fé em um único Deus. Nessa trajetória, Sumé teria deixado vários sinais, como pegadas em pedras.

Essa divindade que, em dado momento, chegou às terras brasileiras pelo mar, viveu entre os povos do litoral ensinando-lhes a pescar, a plantar e a trabalhar em cerâmica. A cultura da mandioca e da banana foi introduzida por ele.

A lenda é, muitas vezes, contraditória em relação à origem de Sumé, mas todas as vertentes convergem para um homem sábio que viveu no litoral brasileiro, transmitindo conhecimento aos povos da região e, no final, indo embora para nunca mais voltar, apesar da promessa de retorno. Esse "homem" passou a ser o deus do conhecimento na mitologia tupinambá e semideus na mitologia tupiniquim.

Diz a lenda que o motivo de Sumé ter ido embora foi a poligamia dos povos tupis e a cultura do canibalismo. Como não conseguiu mudar essas práticas por completo, o deus resolveu partir. Apesar de criar regras morais semelhantes às dos jesuítas, sábios indígenas atuais negam a influência portuguesa.

A ideia disseminada de que Sumé se locomovia pelo ar, levitando, não é invenção portuguesa. Os próprios tupinambás tinham um mito relacionado à levitação de pessoas, e essa possibilidade deveu-se ao poder de Sumé.

Outras narrativas contam que, por ser bondoso e ter conquistado a amizade de todos os povos, Sumé atraiu para si o ódio dos caciques. Diz-se que, em certa manhã, o deus foi recebido a flechadas por atiradores arqueiros, mas estas, após um tempo, retornaram misteriosamente a eles, matando-os. Conta-se que as pessoas ficaram espantadas com a facilidade com a qual Sumé extraiu as flechas do próprio corpo, sem nenhum vestígio de sangue. Sumé teria, ainda, andado de costas para o mar, até atingir as águas. Diz-se que a divindade desapareceu num voo sobre as ondas, para nunca mais voltar.

Sumé teve dois filhos humanos: Tamandaré, com uma indígena tupinambá, e Arikonti, com uma indígena tupiniquim. Daí se diz que sua lenda é vinculada a esses dois povos. A mesma narrativa descreve seus dois filhos como muito diferentes um do outro, por isso se tornaram inimigos mortais.

Certa vez, um xeramõi (sábio) de uma aldeia tupi-guarani do litoral de São Paulo descreveu-me a aparência de Sumé: um ancião claro e reluzente como a luz do dia, com cabelos brancos que desciam até os pés e serpenteavam como as ondas do mar.

Apesar de ser uma figura quase esquecida para os "brancos", Sumé jamais ficou no passado na mente dos indígenas tupis. Aparece não tão raramente nas visões dos xeramõi, os quais conversam e aprendem com ele.

ITAKULUMIS, OS MENINOS DE PEDRA

Mito dos antigos povos do vale do rio Tietê

Na Língua Geral Paulista (LGP), *itá kulumin* significa "os meninos de pedra". Eram bonecos de barro com aparência infantil, moldados por um feiticeiro para lhe servir de protetores.

Durante o dia, os itakulumis eram apenas imagens estáticas; porém, ao anoitecer, ganhavam vida e saíam pelos povoados fazendo algazarra, batendo nos animais e apavorando as pessoas.

Diz a lenda que esse feiticeiro, conhecido como Pindaguasú (grande anzol), por ser mau, tinha muitos inimigos, entre os quais alguns pajés e a própria população do lugar, que o temia, por isso não passava nas proximidades de sua moradia.

Pindaguasú pertencia ao povo tupinambá, mas a própria etnia o deserdara por causa de sua maldade. Por isso, de acordo com algumas lendas, Pindaguasú resolveu criar os itakulumis e dar-lhes vida por meio de uma poderosa feitiçaria.

Pindaguasú fazia parte da horda dos Angamarãs, temida classe de feiticeiros tupinambás, a mesma que criara o feitiço de dar vida a seres inanimados, como os bonecos de barro.

Depois de uma noite chuvosa e amargurada em um bosque escuro, o velho feiticeiro enfileirou no chão, embaixo de um grande jacarandá, mais de cem bonecos de barro e clamou em voz alta ao deus Yurupary:

– Arã ngatú!

Logo depois, olhos, bocas e mãos começaram a se mexer. Olhos piscavam incessantemente, como crianças curiosas. Risos ecoaram dos bonecos.

– Vão, minhas criaturas! – disse o feiticeiro. – Andem por aí fazendo o que eu faria se pudesse estar em todos os lugares. Como não posso, vocês podem. Assim, todos vão respeitar Pindaguasú, o maior de todos os feiticeiros.

Logo, os bonecos criaram vida e, como crianças arteiras, correram por toda a floresta, levando consigo a maldade de Pindaguasú.

Foram dias difíceis aqueles. Pindaguasú tinha um exército de crianças malignas e desajustadas. De dia, não passavam de bonecos de barro, mas ao cair da noite ganhavam vida – a mesma que faltara a Pindaguasú quando lhe sobrevieram a velhice e, com ela, a morte.

Quando isso aconteceu, o malvado feiticeiro começou a perder poder, e, com o tempo, os itakulumis deixaram de se locomover. Os que estavam à beira do rio permaneceram lá. Os que estavam na floresta ficaram na mesma posição de quando estavam vivos. Até aqueles que nadavam à noite no rio por lá permaneceram e afundaram.

Tempos depois, pessoas acharam os bonecos de barro por todos os lugares: rios, floresta, campos e aldeias. Os famigerados meninos de pedra já não eram mais temidos. O povo comemorou, mas, com receio de que voltassem à vida, deixou as estátuas onde estavam e esforçou-se para esquecê-las.

MOJY GUASÚ E MOJY MIRIM

Mito guarani

Mojy Guasú significa "cobra-d'água gigante", e é justamente isso que representa: uma cobra sucuri gigante adormecida no fundo de um rio.

Diz a lenda que, antigamente, essa sucuri se locomovia deixando para trás terras, ribanceiras, árvores… Engolia gente, devorava animais… Estava sempre atenta ao mínimo barulho na água.

Já Mojy Mirim, irmã de Mojy Guasú, era o oposto. Pequena e benevolente, não fazia mal a ninguém, a menos que a pessoa fosse má como sua irmã gigante.

Cada cobra vivia no rio de mesmo nome: uma fazendo maldades; a outra, bondades.

Mojy Guasú, que era grande e má, engolira, durante anos, a maior parte dos habitantes que viviam perto de seu rio. As pessoas a temiam tanto que mal tinham coragem de ir à beira do rio pescar peixes para comer, com medo de serem devoradas.

Cobra gigante de corpo pesado, Mojy Guasú comeu tanto que ficou gigantesca. Como não podia mais viver na água nem na terra, resolveu cavar, cavar e cavar, até fazer um ninho na cabeceira do rio de mesmo nome. Ali ficou e permanece até hoje.

Mojy Mirim, que era pequena e bondosa, ficou, por sua vez, mais bondosa ainda e todos os que precisavam de ajuda, peixe, água eram auxiliados por ela. Mojy Mirim protegia as pessoas da irmã gigante. Assim, de tão bondosa, não pôde mais ficar no rio nem na terra, pois ambos são lugares de maldade, então Tupã, espírito do céu, mandou que subisse até ele, onde Mojy Mirim vive atualmente.

Com o tempo, pajés disseram ter-se encontrado com essas duas cobras, porém em forma de espírito. Pajés maus, também chamados de feiticeiros, tornaram-se seguidores do espírito de Mojy Guasú e, com ela, traçam planos para fazer mal aos outros. Em contrapartida, pajés bons começaram a seguir o espírito de Mojy Mirim, porque ela se tornou, além de guia espiritual, o maior aliado deles na luta contra o espírito de Mojy Guasú.

Eis a lenda de Mojy Guasú e Mojy Mirim, as cobras irmãs que, em sua dualidade, passaram a ser os espíritos ajudantes tanto dos pajés do bem quanto dos feiticeiros do mal.

POTUVERÁ, FLOR DOS ESPÍRITOS

Mito guarani

Potuverá é uma flor mágica e brilhante, alimento dos espíritos e das entidades, fonte da imortalidade do panteão das divindades ligadas ao povo guarani.

Seu nome no dialeto mbyá é a descrição de como é retratada pelos xeramõi, ou pajés, na religiosidade guarani: *poty vera* – flor brilhante ou flor que brilha.

Ninguém sabe ao certo onde encontrar essa flor, mas diz a lenda que tem cor púrpura e se diferencia de todas as outras flores pela aréola dourada sobre si.

E, se é flor, deve haver muitas delas, porque serve de alimento aos deuses. Então, pode haver uma árvore. Mas que árvore seria?

Há coisas que os xeramõi não explicam. Não que não saibam explicar, mas não podem ou não querem fazê-lo. A religiosidade guarani é rica e fechada. Há coisas que até quem a conhece a fundo e a vivencia não compreende.

Visões de um tempo que está por vir. Visões e sensações de um tempo que ainda não se vivenciou, mas que parece familiar. Terras além-mar, como a Ywi mairaíma – a terra sem males tão cantada por guaranis e não indígenas. A ideia de que, como seres humanos, estamos andando num mundo que não é nosso, mas em breve, num tempo por vir, chegaremos a uma terra linda, repleta de belezas naturais, onde não há maldade, nem guerra, nem sofrimento, apenas felicidade.

De acordo com os xeramõi, Potuverá é o exemplo da beleza e da alegria de pertencer a essa terra sem males. Lá, os "resgatados" vão comer a flor Potuverá e nunca mais morrerão, pois ela é a fonte da juventude, da imortalidade.

Dizem que é por isso que os espíritos nunca morrem. Porque estão, o tempo todo, alimentando-se dela, então permanecem jovens, sem rugas nem cabelos brancos. E os humanos que dela comer, voltarão à juventude.

YASY, A DEUSA-LUA

Mito tupinambá

Yasy é uma palavra das muitas línguas da grande família tupi-guarani e significa "lua". É também o nome da divindade personificada nesse corpo celeste, a deusa Yasy.

Na mitologia tupinambá, Yasy é a deusa da noite, do amor e do sono, além de responsável pelos frutos e vegetais.

Em algumas narrativas sudestinas, diz-se que Yasy foi criada por Nhamandú, deus criador guarani. Por outro lado, de acordo com a mitologia tupinambá, diz-se que Yasy é filha de Tupã, deus homólogo.

Tupã, que criou o mundo e o embelezou, precisava criar a lua e dar-lhe espírito (alma) para que vivesse. Desse modo, fez a deusa Yasy, personificação da lua, para que cuidasse do mundo à noite e se tornasse protetora dos amantes, dos namorados, dos apaixonados, assim como dos agricultores, cuidando dos frutos e das árvores plantadas por eles.

Yaguarê Yamã e Ikanê Adean

Yasy não é a única filha de Tupã. Quando criou o mundo, o deus criou muitos filhos para cuidar dele, como Kuarasy, deus-sol, Amanasy, deusa da chuva, Ibitusy, deus do vento, e Rudá, deus do amor, todos irmãos de Yasy.

Há uma antiga narrativa sobre Yasy que conta que ela se apaixonou pelo irmão Kuarasy, mas seu amor não fora correspondido. Apesar de ter feito tudo para conquistá-lo, Kuarasy só tinha olhos para Moema, filha humana do deus Rudá. Moema, por sua vez, não era fiel a Kuarasy (namorava outros humanos), e isso fez com que o deus-sol se afastasse cada vez mais dos seres humanos, sentindo raiva deles, considerando todos iguais a Moema. Ainda assim, Kuarasy não se importou com os sentimentos de Yasy e desdenhou dela como Moema fizera com ele.

O amor de Yasy por Kuarasy era tão grande que ela o presenteou criando uma vasta floresta, que ia do sul ao nordeste do Brasil, a chamada Mata Atlântica. Não satisfeita em declarar seu amor, Yasy também fez nascer a primeira jabuticaba e a ofertou a Kuarasy. A jabuticaba tornou-se, então, a fruta do amor de Yasy por Kuarasy e representa o amor não correspondido.

Depois disso, Yasy desistiu de Kuarasy e tornou-se esposa de Anhanga, deus da caça, o qual, desde que Yasy criara a Mata Atlântica, passara a morar na floresta, tornando-se inquilino da deusa-lua.

Com Anhanga, Yasy teve filhos gêmeos: Yaborãdy e Arasy.

Yaborãdy tornou-se deus dos pomares e dos frutos, e Arasy, deusa da madrugada, a estrela-d'alva.

ARASY

Mito tupinambá

Em tupi, Arasy significa "mãe do dia", o mesmo que estrela-d'alva, o planeta Vênus. Daí o nome da deusa filha de Yasy e senhora do amanhecer.

Olhar Arasy durante a madrugada e prestar-lhe homenagens era o que os viajantes faziam como tradição. No Brasil, antes dos brancos, os povos que aqui habitavam tinham grande reverência por ela, tanto que não faziam nada de manhãzinha enquanto não pedissem a orientação de Arasy. E, durante as preces à senhora do amanhecer, as pessoas costumavam cantar uma cantiga de boas-vindas como parte do ritual que terminava com o nascer do sol.

O povo tupinambá era, e ainda é, reverenciador do sol, daí o porquê de Arasy se destacar como venerável, mais que Yasy. O povo tupiniquim, habitante do litoral da região, também a reverencia, porém menos que Yasy. E o mesmo acontecia com os povos caetés e potiguaras.

Diz a lenda que Arasy também é a deusa dos bons costumes, entre os quais a não relação de seres humanos com espíritos. Tanto que, certa vez, quando soube do namoro da humana Keana com Yurupary, um espírito mau, ela amaldiçoou o casal dando origem a sete monstros híbridos (metade humano, metade espírito), filhos dessa relação, entre os quais Saci-Pererê e Iberê.

Manhãs, madrugadas, manhãs... Entre a noite e o dia. Eis o tempo firmado para que Arasy apareça em meio ao culto dos fiéis.

TISÊ, A DEUSA DO SUBMUNDO

Mito tupinambá

Diz a lenda que Tisê não nasceu divindade. Era uma humana linda, com grande aptidão para as artes mágicas.

Conta-se que, desde menina, Tisê praticava magia e, assim, foi se aperfeiçoando. Quando adulta, tornou-se poderosa e temida por todos pelos conhecimentos sobrenaturais. Mas seu poder era diferente. Não era advindo da magia do bem – de, por exemplo, ajudar aos outros ou transformar objetos em belos animaizinhos. Tisê aperfeiçoara-se na magia do mal, e seu poder plantava a inveja e a crueldade no coração das pessoas.

Acontece que Yurupary, espírito do mal, após saber do poder de Tisê e do conhecimento que adquirira, resolveu procurá-la e propor-lhe um pacto: ela transmitiria a ele os seus poderes e ele a desposaria, tornando-a deusa e com tantos poderes quanto os filhos de Tupã.

Tisê, então, adquiriu imenso conhecimento do mundo da feitiçaria e conquistou alto nível de poder, porém menor que o do marido.

E foi assim que se tornou a deusa das trevas e do submundo.

Tisê ficou conhecida entre as divindades por plantar a maldade e a inveja no coração dos seres humanos. Tinha o dom de manipular poções e venenos mortais com ervas e outros elementos.

Por causa das habilidades voltadas para o mal, Tisê foi repudiada pelas deusas Yasy e Arasy, que não a queriam como divindade, tornando-se, assim, suas grandes inimigas.

Yurupary, o grande espírito das trevas, deu a Tisê o poder sobre a morte e, desse modo, ela passou a morar no Tetamarama, o mundo subterrâneo. A partir daí, começou a governar sobre os mortos ruins, por isso passou a ser chamada de deusa do submundo.

Do Tetamarama, Tisê cria a inveja e a envia às pessoas, arma conflitos e atiça as pessoas. No fim, recebe os fiéis às portas do mundo subterrâneo para que vivam para sempre ao seu lado.

ANHANGA, O ESPÍRITO DA CAÇA

Mito tupinambá

Anhanga, erroneamente chamado de Anhangá, é o grande protetor dos animais de caça; é o espírito do campo e senhor das transformações.

Seu nome significa "espírito do campo", daí por que se tem a ideia de que esteja apenas no campo. No entanto, Anhanga está presente em todos os lugares naturais, entre eles a floresta.

Anhanga é uma divindade única e, como Tupã, não fora criado. Existe desde antes da criação do mundo, com Tupã e Yurupary, outros dois deuses originários.

Segundo a lenda, Anhanga é marido de Yasy, deusa-lua, e pai de Arasy e Yaborandy, dois deuses secundários. Como protetor dos animais, tem a capacidade de se transformar nesses seres e, assim,

assustar quem estiver tentando matá-los. Não se trata de possessão, mas, sim, de transformação. Assim, o espírito transforma-se no animal desejado e, com a aparência deste, atrai o caçador para sua armadilha.

O caçador, crente de que o animal que persegue é um bicho natural, aproxima-se dele, até que Anhanga, transformado nesse animal, faz seus olhos ficar vermelhos, solta gargalhadas, corre atrás do caçador, desaparece e reaparece. Assombrado, o caçador enlouquece e nunca mais deseja caçar. O ocorrido serve de aviso: "Não retorne!", "Não faça de novo!".

No entanto, muitas vezes, o caçador ignora o aviso. Nesses casos, Anhanga resolve matá-lo e a morte se dá pelo próprio animal, durante as andanças do deus pela mata ou em outro lugar em que possa se manifestar.

Anhanga é mais propenso a se transformar no macaco bugio, chamado na Amazônia de guariba, em veado, tatu, capivara, macuco e quati.

Essa divindade assombra as pessoas não porque é má; ela o faz apenas para proteger a natureza do predador ser humano. Na mitologia tupinambá, a maldade é própria de Yurupary e Tisê, enquanto Anhanga só mata se for molestado ou se resolver punir o agressor.

Ninguém conhece a forma nem a aparência real de Anhanga. Eminentes pajés dizem que ele passa mais tempo em forma de cervo branco.

Anhanga está na floresta, no campo, em todo lugar. Pode estar na roça, entre os animais; observando o visitante que adentra a mata apenas para conhecê-la; escondido atrás de um arbusto de uma árvore, ou sobre algum galho.

MAIRIPORÃGAS

Assim, todos os animais de caça se veem protegidos pelo deus Anhanga. Quando uma pessoa resolve caçar, precisa pedir-lhe licença. Feito isso, não há o que temer. Anhanga só mata, assusta e corrige quem merece. Aqueles que matam os animais, além do necessário, os assusta e os maltrata.

YAGUARETÉ-ABÁ

Mito dos povos do vale do rio Tietê e Paraíba do Sul

Diz a lenda que Yaguareté-abá é a capacidade de uma pessoa se transformar em onça, após firmar um pacto com Yurupary, o espírito do mal.

Não se sabe a origem da lenda, apenas que teve início com um grupo de feiticeiros que fez um pacto com o espírito do mal e, mediante o uso de couro de onça, incenso de jaborandi e penas de urubu, tornou-se capaz de se transformar em criaturas metade onça, metade humana. Então, a lenda tornou-se real, e, vez ou outra, algum grupo de pajés se reúne para realizar a transformação.

Chegado o dia da transformação, que, em geral, ocorre nas noites de lua cheia ou lua nova, os pajés se reúnem na casa do membro mais poderoso do grupo e cada um deles se veste com o couro de onça. Uma vez vestidos, realizam o ritual formando um círculo, andando da direita para a esquerda e cantando uma ladainha de transformação ensinada por Yurupary, enquanto vão mudando de forma.

Após a transformação, as "onças" saem para caçar e, depois de devorarem a presa, retornam à forma original, realizando o mesmo ritual, porém em sentido inverso, andando da esquerda para a direita.

Dizem os mais velhos que as extremidades do corpo do Yaguareté-abá correspondem às dos seres humanos, mas que a parte de trás é mais larga e tem pelos. Os dentes são de onça, assim como as garras e os braços, mas o rosto é humano.

Em algumas lendas, o Yaguareté-abá é descrito como um felino comum, de dimensão maior e espírito assassino. Em outras, entre suas características, estão a cabeça humana e cauda curta.

Desse modo, não se sabe ao certo a aparência do Yaguareté-abá; o que se sabe é que é mau e se alimenta, desde o início dos tempos, de carne humana; porém, com a chegada dos brancos, passou a se alimentar de bois e cavalos.

Por muito tempo, Yurupary aproveitou-se da transformação do Yaguareté-abá e fez uso disso para seu propósito de matar crianças. Como Yurupary as odeia, aproveitava a oportunidade para matá-las e devorá-las. Assim, enquanto o pai cultivava a roça e a mãe saía para os trabalhos domésticos, Yaguareté-abá entrava nas malocas e, sorrateiramente, comia as crianças. Quando a mãe retornava, encontrava apenas uma poça de sangue no lugar do filho. Em desespero, chamava o pai, mas era tarde. O monstro transformado já estava longe, preparando-se para devorar outras crianças.

Antigamente, Yaguareté-abá era muito temido pelos habitantes do vale do rio Tietê e Paraíba do Sul, inclusive após a colonização, quando sua história passou a ser contada como lenda nas rodas de conversa.

Atualmente, ainda há quem conte o mito de Yaguareté-abá e acredite nele. Diz-se que, ao morrer, ele volta imediatamente à forma humana. Para matá-lo, são necessários balas de arma de fogo e facão abençoados; por fim, a criatura deve ser decapitada.

KUJÃN

Mito krenak

Contam os antigos que, quando Deus terminou a criação do mundo, ficou um tempo vivendo entre ela. Depois, decidiu partir, deixando os *buruns* (indígenas) sozinhos na terra. Eles saíram mundo afora caçando para comer, coletando materiais para fazer abrigos e procriando.

Nesse mesmo mundo, Kujãn deixara um paraíso repleto de frutos de todas as espécies e um lugar bom para viver. As pessoas, porém, ainda que pudessem entrar nele, queriam ver o deus face a face e não conseguiam. Com o tempo, Kujãn, também sentindo saudade dos seres humanos, pensou: "Como estarão minhas criaturas?".

Curioso, resolveu retornar, mas viu que poderia ser perigoso fazê-lo como deus; afinal, havia muito tempo que não via sua criação. As criaturas poderiam ter mudado muito, não reconhecerem o criador. Então, decidiu aparecer disfarçado, na forma de um tamanduá.

Enquanto isso, nas aldeias, tudo corria em paz. Mulheres e crianças enfeitavam as malocas para a grande festa que aconteceria, enquanto os homens corriam as trilhas em busca de caça, quando avistaram um tamanduá.

Todos ficaram alegres e entregaram-se à aventura da caçada. Jovens às voltas com a primeira caçada, seguidos de perto pelos tios, corriam e gritavam, empunhando laços de cipó trançados especialmente para essas ocasiões, prontos para capturar o animal que seria servido no festival da aldeia. Assim, enlaçaram o tamanduá e, juntando as tralhas do acampamento de caça, seguiram de volta para casa cantando e dançando alegremente, balançando o dorso, como faz o tamanduá.

Ao chegarem à aldeia, os homens puseram Kujãn à sombra, aos cuidados das crianças. "Era isso mesmo que eu queria!", pensou Kujãn, enquanto se acomodava entre as palhas no chão.

Já anoitecia quando os homens passaram pelo terreiro em que Kujãn estava e jogaram-lhe uma canastra de cupins.

Apenas dois meninos permaneceram no terreiro onde estava o tamanduá, pois notaram algo especial naquele bicho, que os tios caçadores ainda ignoravam. As demais crianças brincaram um pouco por ali, mas logo foram procurar outras aventuras pelo terreiro. Rotí, o menino mais velho, e Katí, o mais novo, já haviam percebido que se tratava de visita ilustre na aldeia e não sairiam dali até descobrirem o mistério. Então, pegaram a canastra de cupins e foram para perto de Kujãn, para ver o que aconteceria.

– Veja, irmãozinho... – disse Rotí, enquanto examinava a canastra de cupins deixada pelos homens para alimentar o tamanduá.

– É... pensam mesmo que ele vai comer formigas e cupins – respondeu Katí, aproximando-se de Kujãn.

– Olhe, você não precisa comer isso. Sabemos que não é bicho – disse o menino mais velho.

— É... vamos buscar comida boa para você! — falou o menino mais novo.

As duas crianças trouxeram tigelas de mel e cará a Kujãn, que se sentou e agradeceu o alimento. Isso deixou os meninos muito animados, então ambos pegaram suas esteiras e sentaram-se ao redor de Kujãn, enquanto ele comia.

— Olhe, Kujãn, sabemos quem você é. Por isso, decidimos protegê-lo dos caçadores, pois eles planejam matá-lo para a festa da aldeia.

E esse foi o primeiro dia de visita do Criador à aldeia, e ele gostou do que viu.

Naquela noite, os meninos não dormiram. Tiveram as primeiras revelações de Kujãn sobre sua visita, com histórias do tempo em que vivera com os krenak. Enquanto falava com as crianças, Kujãn tomou a forma humana. E isso era bom para elas, pois sentiam ser mesmo o Criador a visitar a aldeia. Os meninos folgaram com as histórias da criação e aprenderam novas cantigas e a curar algumas doenças.

Na manhã do segundo dia, os homens trouxeram mais cupins ao tamanduá. Rotí e Katí os trocaram por tigelas de mel e cará e tiveram que despistar os outros para continuar a aprender com o tamanduá coisas como construir casas e canoas e organizar festas.

— Kujãn, nossos tios pensam que vão assá-lo amanhã. Estão todos muito animados com a festa. Mas nós dois já sabemos o que fazer — disse Rotí.

— Sim — concordou Katí. E prosseguiu: — Kujãn, sua visita à aldeia foi muito boa para nós. O que achou dos filhos que deixou aqui na terra?

O deus, que passara a noite contando histórias, ouviu um alarido vindo do terreiro da aldeia e respondeu para os meninos:

– Vocês são mais ou menos assim… – E balançou o polegar para cima e para baixo, de modo a alternar entre os sinais de "positivo" e "negativo".

Nisso, o alarido foi tornando-se mais forte, com gente gritando, pois Rotí e Katí haviam ateado fogo numa das casas, para que o tamanduá tivesse chance de fugir.

O tamanduá seguiu, então, a trilha de saída da aldeia e sumiu pelas colinas, que recebiam os primeiros raios de sol.

Do alto da colina, de lugar seguro para uma parada, Kujãn olhou o terreiro da aldeia em polvorosa. Iluminou-se todo com os raios solares incandescentes, fez sinal para seus filhos e seguiu dançando e cantando.

E, na manhã do terceiro dia, tudo recomeçou nas aldeias.

A LENDA DA CACHOEIRA AMOROSA

Mito tupiniquim

Ipoyucam e Yandira eram dois jovens que viviam em diferentes aldeias. Ele, caçador afamado, morava com sua gente na parte alta, onde os rios Carucango e Vermelho se uniam. Yandira, por sua vez, conhecida pelas redes e pelos cestos de palha que fazia com folha seca da macaúba, morava com sua gente na parte baixa, onde até hoje existe um grande bambuzal.

Ambos se conheciam desde criança. Brincavam entre as pedras do rio, banhando-se na cachoeira. Ela fazia para ele belos cestos de caça; ele, por outro lado, trazia para ela os mais diferentes animais de caça.

Um dia, enquanto caçava, Ipoyucam encontrou uma pegada humana e a seguiu até um grande tronco oco. Do lado de fora, viu que dentro dele dormia um estranho ser, semelhante a um menino, mas não era um menino comum – tinha os cabelos vermelhos como fogo, e os pés eram voltados para trás.

Como era corajoso, acordou a criatura, que, assustada, montou numa queixada que passava pelas redondezas e sumiu mata adentro. O rapaz correu atrás da criatura, até a encurralar às margens de um regato.

– Quem é você? – perguntou Ipoyucam.

– Sou Curupira, defensor da mata e dos animais. Por que não me matou enquanto eu dormia?

– Porque não costumo matar seres indefesos. Só enfrento quem pode me enfrentar.

– Você é esperto, garoto! Não gosto de caçadores, mas você não caça. Enfrenta os animais, dando-lhes oportunidade. Fique com Tupã.

Então o Curupira saiu dali e sumiu na floresta montado em seu caititu.

Os anos se passaram, Ipoyucam e Yandira tornaram-se adultos e se casaram. Na véspera do enlace, Ipoyucam ofereceu uma magnífica caça a Tupã, como se pedisse sua bênção pelas núpcias. Enciumado, Yurupary, deus do mal, que invejava a destreza guerreira de Ipoyucam, surgiu para ele em forma de onça e o desafiou para uma luta.

Com valentia, Ipoyucam derrotou a onça, ferindo-a de morte no peito. Irritado, Yurupary ressuscitou o animal, levando Ipoyucam a persegui-lo até a cachoeira em que Yandira colhia palha para fazer uma rede. Quando Yurupary, em forma de onça, avistou Yandira, resolveu atacá-la para vingar-se de Ipoyucam.

Ao perceber o ataque, Yandira gritou por Ipoyucam, e ele investiu, imediatamente, sua lança contra o animal, trespassando-o mortalmente.

Humilhado pela derrota, Yurupary transformou-se numa tromba-d'água e arrastou Yandira e Ipoyucam para as profundezas da cachoeira, que passou a se chamar "amorosa".

APOYAWEWE

Mito tupi-guarani

As Apoiawewe, conhecidas na língua dos brancos como "fadas de apoio", são criaturas de origem tupi-guarani. Suas aventuras são parte do folclore do Brasil, da Bolívia, do Paraguai, da Argentina e de outros países da América do Sul.

São seres pequeninos, e muitos acreditam que são responsáveis por trazer a chuva em dias muito quentes. E, de certo modo, não estão errados, pois essas criaturas são espíritos da natureza que cumprem, de fato, essa função. Com habilidades mágicas, fazem jorrar água suficiente, quando necessário.

Diz a lenda que, em geral, as Apoiawewe andam em grupos, porque, caso uma fadinha não consiga completar determinada tarefa, sempre terá a companheira para ajudá-la. Diz-se que algumas delas têm o tamanho de uma mariposa e costumam se aproximar apenas de crianças, porque, na maioria das vezes, estas são puras.

Diz o mito, ainda, que a pele das Apoiawewe é verde, e as asas são semelhantes às das libélulas e das moscas. Algumas pessoas

acreditam que tenham aparência facial e corporal semelhante à de animais como a raposa ou o guaxinim; outras creem que tenham aparência de gente.

Como moram numa cidade entre as nuvens, as Apoiawewe despejam a chuva das nuvens sobre a terra necessitada de vida. Além disso, servem de mensageiras dos animais, dos espíritos, dos deuses e até dos seres humanos.

Costumam aparecer antes de grandes tempestades, para avisar sobre o perigo.

TAMAKAVI, O GIGANTE DO VALE DO RIO TIETÊ

Mito guaianá

Tempos idos. No antigo vale do rio Tietê, antes denominado Damakhupy pelo povo guaianá, eis a grande morada do terrível gigante Tamakavi, de mais de cinco metros de altura. Um monstro apavorante, cujos gritos ecoavam de um lado ao outro da serra paulistana.

O medo estampava-se no rosto de cada pescador, de cada viajante do interior do que hoje chamamos estado de São Paulo.

Tamakavi era filho de Tka tah, espírito do submundo, e fora designado por ele para afugentar as pessoas do vale desse rio. Assim, quando aparecia, era como se o mundo viesse abaixo. Pedras, paus, folhas, água, tudo caía, e uma gritaria medonha se fazia até que ninguém mais fosse visto. O povo, com medo, desistia de morar na região, o que levou o Tietê a ser chamado de Damakhupy – vale do monstro Tamakavi.

Porém, um dia, Tamakavi não viu mais motivo para atacar as pessoas. Resolveu, em vez disso, usar sua força e seu tamanho para ajudá-las. Assim, tornou-se um gigante muito bom e, por isso, atraiu para si todo o ódio de seu criador, que, sem demora, se lançou contra ele.

O gigante, então, foi morto pelo próprio Tka tah, que fez do corpo de Tamakavi o pinheiro da araucária.

O Damakhupy, desde que se tornara território tupinambá, passou então a ser chamado de Tietê, "o rio do sabiá-verdadeiro". Os guaianases foram embora dali, e nunca mais se ouviu falar da lenda do gigante Tamakavi.

ANHANGABAÚ, O VALE DO ESPÍRITO DA CAÇA

Mito tupinambá

Do original, *Anhanga mbay*, que se pronuncia Anhangabaú, era o vale encantado tão temido pelo povo tupinambá, o qual, segundo os antigos, era lugar da morada do espírito da caça, o poderoso e famigerado Anhanga, hoje erroneamente chamado de Anhangá por alguns não conhecedores da essência do termo.

O Anhangabaú era um vale envolto de mistérios na época da colonização de São Paulo. As pessoas tinham medo de atravessá-lo, pois dizia-se que, se o fizessem, sofreriam ataques de Anhanga.

O rio que corria ali chamava-se Anhãga, e hoje toda a região está bastante modificada, abrigando no entorno centenas de edifícios altos e até centenários, alguns tidos como mal-assombrados, como o prédio dos correios, o Teatro Municipal, os edifícios Martinelli,

Joelma e Andraus – palcos de grandes tragédias –, além da Câmara dos Vereadores.

A nascente do rio Anhãga ficava no atual bairro do Paraíso, no subsolo de onde hoje se situa a Avenida 23 de Maio. Ela seguia pela própria avenida, passando pelo Vale do Anhangabaú, até desaguar no rio Tamanduateí, na Avenida do Estado.

O Vale do Anhangabaú era, e ainda é, de acordo com alguns xeramõi guaranis entrevistados, lugar de aparições, e mesmo com a urbanização os espíritos não saíram dali e continuam pairando no ar, para o bem ou para o mal dos transeuntes.

ITUVERÁ, A CACHOEIRA MÁGICA

Mito guarani

Lugar bem próximo do atual município de Itapecerica da Serra, em São Paulo. Local encantado, escondido pelas águas brilhantes de uma cachoeira. Dizem os antigos que é onde há esmeralda. Daí o porquê do nome: cachoeira brilhante ou brilho da cachoeira.

Muitos devem ter sido os colonizadores que desapareceram procurando a localização exata da cachoeira. Gente de todos os lugares já se perdeu com a visão do local mágico, repleto de pedras preciosas espelhadas numa piscina natural toda brilhante, que aparecia logo após uma curva onde uma antiga e gigantesca árvore de paineira delimitava o espaço encantado.

Ituverá é nome guarani e significa "cachoeira brilhante". Vem de *itu*, "cachoeira", e *verá*, "o que brilha". Nome incrível de uma lenda igualmente incrível cercada de mistérios e contada e recontada geração após geração pelos mbyá, grupo guarani morador nativo da região.

Dizem que Nhãderu retirou Ituverá do mundo e a levou para o céu. Outros dizem que ele a escondeu no solo, para que os brancos não a descobrissem e conseguissem a vida eterna, pois, segundo os xeramõi, suas águas são sagradas e proporcionavam a imortalidade a quem delas bebesse.

VOTUPORANGA

Mito dos povos do oeste paulista

O termo talvez tenha raiz na extinta língua nheengaiba: *ivoty*, "flor" (*ivotu*), e *poranga*, "bonita".

Não se sabe ao certo de que flor se trata, mas se sabe, com certeza, que a lenda é linda e muito assombrosa.

Uma menina tupinambá nascera com deficiências físicas. Seus pais e toda a aldeia a achavam feia demais, tanto que resolveram abandoná-la na floresta com poucos anos de idade.

Na mata, sozinha, a menina começou a chorar. Ao cair da noite ela ainda chorava, chamando a atenção de todos os espíritos da floresta. Um deles, talvez o mais cruel, o maligno anão Iberê, resolveu ir ao encontro dela.

Com o coração partido ao ver a aparência da criança, a deusa Tisê (a mais bela entre as divindades) resolveu defendê-la do demônio. Assim, quando Iberê tentou devorar a menina, Tisê tomou-lhe a frente, e o anão, apavorado com a aparição da deusa, saiu correndo de um pé só. Em seguida, Yurupary, deus do mal, apareceu e proibiu Tisê de proteger a garota. Contente com a intervenção de Yurupary, Iberê saltou e, num só golpe, tirou a vida da infeliz menina.

Tisê não deixou que Iberê devorasse a criança. Tomando-a nos braços, envolveu-a em seu manto negro, o que fez que o corpinho da garota se aquecesse, mesmo já sem vida.

Para não deixar o corpo da menina ao relento, à mercê do demônio Iberê que estava disposto a devorá-lo, a deusa da morte pronunciou algumas palavras mágicas e o corpinho se desfez, até virar pó.

A noite passou, e, na manhã seguinte, antes de o sol surgir, nasceu uma planta no lugar onde o corpo da criança virara pó. Os animais e todos os espíritos da floresta retornaram ao local para ver. Não demorou muito, e da planta nasceu uma flor rosa, diferente de todas as outras e a mais bela já vista.

O sol raiou e a flor tornou-se tão cintilante quanto o astro-rei, além de ter as cores verde, roxo, rosa e preto, as preferidas da deusa Tisê.

Daí por que dizem que Tisê não é de todo má. Há bondade no coração da deusa do submundo, ainda que de maneira torta.

TIETÊ, O SABIÁ-VERDADEIRO

Mito tupinambá

Durante uma forte estiagem como nunca vista, o belo rio Tietê, antes rico em diversidade e repleto de cores, estava secando; não havia mais água, nem comida, nem nenhuma forma de vida que pudesse sobreviver ali.

Os povos que outrora viviam às suas margens também começavam a ir embora. Os que teimavam em ficar passavam muita dificuldade. Até que um pajé, após uma reunião espiritual com as divindades, decretou:

– Quem conseguir capturar um sabiá, único entre todos, que, com seu canto, tem o poder de resgatar a chuva e devolver a vida ao nosso grande rio, se casará com minhas duas filhas, Potiambira e Potimirim.

Não tanto pelas moças, mas pela salvação do rio, muitos rapazes saíram pela floresta em busca da única ave capaz de ajudá-los com seu belo canto.

O tempo passou, e eles trouxeram muitos sabiás. Um a um, o pajé pediu que cantasse. Todos os sabiás trazidos cantavam, mas nenhum conseguia fazer o clima mudar.

Sabiá-laranjeira, sabiá-da-mata, sabiá-caraxué, sabiá-sairé, sabiá-coleira, sabiá-cacauzinho... Até corrupião foi trazido para se passar por sabiá na tentativa de enganar o pajé ou na simples esperança de que pudesse trazer de volta a beleza do rio.

O povo não acreditava em mais nada. Os homens haviam saído pelo mundo e capturado todas as espécies possíveis de sabiás. Mas o milagre não acontecia. Até que, em uma última tentativa, um rapaz, a quem ninguém dava crédito por ser desprovido de beleza e de destreza na guerra, trouxe ao pajé um sabiá igualmente sem beleza, que parecia ser o mais feio entre todas as espécies.

O pajé ordenou à ave que cantasse. O sabiá feio começou a cantar, e cantou tão divinamente bem que, enquanto cantava, as nuvens se fizeram e começou a chover, e logo a grama ao redor do rio voltou à vida.

Então, o pajé exclamou:

– Este é o tié té! Este é o tié té! (Este é o sabiá-verdadeiro! Este é o sabiá-verdadeiro!)

O pequeno sabiá continuou a cantar, e as pessoas olhavam ao redor e viam as árvores verdes de novo, e todos os animais retornaram às margens do rio.

Não demorou para que tudo voltasse ao normal. Quando parou de chover, havia flores e frutos por todos os lados.

Assim, o rio Tietê ganhou o nome pelo qual é conhecido até hoje. Rio Tietê, o rio do sabiá-verdadeiro.

SASY-PERERÊ

Mito tupi

O Sasy-Pererê é uma entidade tradicional indígena que pertence à mitologia tupi da região Sudeste. Originalmente, tido como um anti-herói ou semideus, é capaz de fazer todo tipo de trapaça para ludibriar os seres humanos.

É uma espécie de entidade brincalhona que povoa o imaginário dos povos nativos desde tempos imemoriais. Com caráter e comportamento diferentes do de seu irmão guarani, o bondoso Jaxy Jatere, e mais próximo do de seu primo caingangue, o famigerado Sosy Sopré, o Sasy-Pererê é bem mais malvado do que os não indígenas costumam imaginá-lo.

Em tupi antigo, *Sasy* significa "dor", e *Pererê*, "aos pulos", o que em português corresponderia, mais ou menos, a "dor que salta ou pula", justamente por se tratar de uma entidade não muito amistosa que, para brincar do jeito que quiser, é capaz de matar.

Então ficou claro que o Sasy-Pererê não tem nada de bonzinho. Sua aparência original é a de um jovem indígena com uma perna só, que costuma fumar cachimbo, seguindo a tradição guarani de fumar *petyguá*. Ele passa rápido em meio a um redemoinho e se esconde atrás das árvores para dar o bote em quem estiver por perto, com suas brincadeiras macabras.

Não se sabe qual das três entidades semelhantes surgiu primeiro: o Sasy, dos tupinambás, o Jaxy Jatere, dos guaranis, ou o Sosy Sopré, dos caingangues. Contudo, o certo é que, por serem próximos uns dos outros, os três povos têm um pouco de cada entidade em seus mitos.

A corruptela da lenda e a adesão às crenças guarani, caingangue e tupi entre os brancos se deram por intermédio dos escravizados negros adaptados à terra, ainda no antigo Sudeste brasileiro, mais precisamente no interior de São Paulo, durante a época cafeeira.

A lenda do Sasy-Pererê foi popularizada e até ridicularizada sob o ponto de vista religioso, ganhando, assim, nova roupagem com o escritor paulista Monteiro Lobato e, desde então, tem sido referência do folclore brasileiro.

Trata-se de uma reinvenção ou, quem sabe, de uma interpretação mais crítica ou de uma deformação do Sasy-Pererê dos tupis, do Sosy Sopré dos caingangues e do Jaxy Jatere dos guaranis.

A GRUTA DOS AMORES

Mito tupiniquim

Na Baía de Guanabara, no estado do Rio de Janeiro, há mais de cem ilhotas, três delas bastante conhecidas: a ilha do Governador, a ilha de Paquetá e a ilha das Flores.

Nenhuma delas é mais encantadora que a ilha de Paquetá, palco onde se desenrolou o romance clássico de Joaquim Manuel de Macedo, *A Moreninha*.

Nessa ilha, onde tudo é encanto, também há lendas, e uma delas é a da Gruta dos Amores.

No tempo da Confederação dos Tamoios, guerra dos tupiniquins contra os colonizadores portugueses, ocorrida entre 1554 e 1567, Itanhantã, rapaz forte feito pedra, costumava pescar e caçar na ilha de Paquetá e, em seguida, repousava numa toca de pedra de sombra amena e acolhedora.

Enquanto descansava, uma bela jovem, chamada Potymirim (pequena flor), costumava ir ao seu encontro para pegar a caça e a pesca do dia. Mas Itanhantã nunca percebeu o olhar apaixonado da garota. Ela fora ao encontro dele tantas vezes, e ele jamais lhe dera a mínima atenção.

A bela jovem, então, começou a lamentar o amor não correspondido. Subia no alto da pedra que formava a gruta e, ao ver o amado lá embaixo, repousando na sombra, punha-se a chorar, as lágrimas banhando as pedras.

Em determinado momento, Potymirim pensou em afugentar seu desengano cantando. E foi o mais terno canto ouvido até hoje em Paquetá.

Todos os dias, assim que amanhecia, a jovem apaixonada subia na pedra e cantava, esperando Itanhantã chegar para pescar, caçar e descansar. E todos os dias suas lágrimas banhavam as pedras da gruta. Seu canto e suas lágrimas não amoleceram o coração empedernido de Itanhantã, mas transpassaram as pedras.

Certo dia, enquanto Potymirim chorava, suas lágrimas caíram nos olhos do caçador adormecido. Ele se assustou e correu em direção à canoa. Quando avistou a jovem, disse:

– Potymirim, é você!

No dia seguinte, enquanto retornava àquele local, prestou atenção na linda melodia de Potymirim. Foi aí que sua paixão se acendeu, e ele correspondeu ao amor da menina.

Foi então que, Itanhantã subiu até o alto da pedra da gruta, tomou Potymirim nos braços, e eles nunca mais se separaram e foram felizes pelo resto da vida.

As lágrimas de Potymirim transformaram-se na fonte de água que existe até hoje, na famosa Gruta dos Amores.

ITÁYUBA, O GIGANTE DE PEDRA

Mito tupiniquim

Bem antes de os portugueses colonizarem estas terras, num tempo em que o Brasil era chamado de Pindorama, um grande gigante protegia a Baía de Guanabara, no atual estado do Rio de Janeiro, impedindo que qualquer coisa ruim acontecesse com a localidade e sua gente. Seu nome era Itáyuba, e todos o temiam, embora fosse bom e cuidadoso com o povo tupiniquim.

Um dia, porém, Itáyuba apaixonou-se por Parámirim, jovem formosa, filha do morubixaba da aldeia Niterói. No entanto, ela não o amava e preferiu ser desposada por Ubiratã, jovem guerreiro que, sabendo da paixão do gigante pela jovem, resolveu deixá-lo com ciúme, aceitando se casar com Parámirim.

Enciumado, Itáyuba resolveu deixar de proteger a baía e seus moradores.

Um dia, o povo inimigo dos tupiniquins adentrou a Baía de Guanabara e atacou a aldeia Niterói, matando muita gente, entre elas a bela e sedutora Parámirim.

Tupã, deus do bem, não gostou do que Itáyuba fizera e, para castigá-lo, transformou-o numa montanha de pedra.

Assim, até hoje, todos os que chegam à Baía de Guanabara vindos do mar conseguem avistar a figura nítida de Itáyuba transformado em montanha.

Há pescadores que, às vezes, não conseguem avistá-lo. Segundo eles, nesses dias, o gigante sai para passear e, para isso, chama as nuvens, que o encobrem para que não seja visto.

YARA

Mito tupiniquim e tupinambá

Muitos povos em várias partes do mundo têm em sua mitologia um ser feminino que protege ou habita as águas. Os povos de cultura tupi não são diferentes. As nações tupiniquim, tupinambá, caeté, potiguara e tabajara acreditam que nas águas fluviais há um ser especial que habita os rios e os protege. Trata-se da Yara (ou Y'yara), senhora das águas, figura feminina das mais belas e benevolentes que povoa o imaginário masculino desde tempos imemoriais. Assim, muitos jovens desbravaram a floresta procurando por ela, em busca de seu amor.

Yara realmente é muito linda e habita as grotas, os córregos e até os rios caudalosos da Amazônia, para onde o mito migrou, levado pelo êxodo do povo tupinambá, ao fugir dos colonizadores.

Por ser senhora das águas, Yara também é chamada de Mãe-d'água, em língua portuguesa, ou Paranásy (mãe do rio), em língua tupi.

Os portugueses criaram a ideia de que essa entidade mitológica é parte humana e parte peixe, o que difere da crença original, que

diz que Yara é cem por cento mulher. Os guerreiros atraídos por ela não se perdiam por sua beleza, mas por procriarem com ela. Os filhos dessa relação é que eram metade peixe, metade gente, ou tinham, ainda, outras aparências.

Yara também não é má, como imaginam os colonizadores. Ela é boa e, se é procurada desde sempre pelos guerreiros, é porque é irresistível e usa a sedução para tornar-se provocante e deixar os homens facilmente loucos de amor. Afinal, ela é uma entidade vaidosa que, em meio aos cuidados com os rios, reserva sempre um tempo para copular com os seres humanos e gerar filhos "encantados".

Se na Grécia há as sereias e na África, Iemanjá, no Brasil quem manda nas águas doces e as protege são as Yaras, uma vez que não existe apenas uma, mas várias delas, de acordo com a mitologia.

CHORO DO YPÊ

Mito dos povos do oeste paulista

Certo dia, um lenhador malvado resolveu acabar com todas as árvores do planeta, cortando uma a uma, até chegar a vez da paineira. O homem já estava se preparando para lhe desferir o primeiro golpe, mas, ao levantar o machado, sentiu um vento frio e, de repente, viu diante de si uma linda moça, toda esverdeada, que não disse nada, mas, num só toque sobre sua cabeça, o transformou em um ypê. Ao fazê-lo, a jovem desapareceu no mesmo vento frio que acabara de passar.

Ao cair da noite, as pessoas do entorno ouviram um vago choro humano. Então, começaram a procurar por todos os lugares, sem encontrar. Na noite seguinte, porém, uma mulher que andava pelas redondezas ouviu o choro. Ficou calada e, devagar, aproximou-se do ypê, encostando as orelhas em seu tronco.

– É o choro de um homem! – disse.

Desde então, sabe-se que o ypê chora, e até hoje, nas florestas, quando a noite cai, é possível escutar o choro do lenhador que chora de saudade da família.

A ORIGEM DOS DIAMANTES

Mito dos povos jês de Minas Gerais

Há muito tempo, vivia no rio Doce um casal krenyê. Ele se chamava Kreopá, e ela, Agrikã. Ambos eram muito felizes.

A maloca do casal ficava às margens do rio, próximo da praia fluvial de areias finíssimas, onde, com frequência, Kreopá e Agrikã se banhavam. Emergiu, porém, uma guerra contra a nação rival, e Kreopá precisou partir para a luta, para defender suas terras e seu povo.

O tempo passou, e nunca mais Agrikã teve notícias do marido. Todos os dias, ela o esperava à beira do rio. Uma vez, vindo da batalha, um guerreiro trouxe-lhe a triste notícia de que Kreopá havia falecido.

Agrikã foi, então, até a praia e começou a chorar sem parar. Suas lágrimas salobras misturaram-se com a areia do rio.

MAIRIPORÃGAS

Penalizado com a tristeza de Agrikã, Kren tehk, deus do povo krenyê, transformou suas lágrimas em diamantes, encontrados entre as pedras do rio.

Seu brilho e sua pureza fazem lembrar as lágrimas de saudade de Agrikã.

TIMBURIBÁ

Mito puri

Antes da chegada dos brancos às terras do atual município de Resende, no estado do Rio de Janeiro, no sopé da serra da Mantiqueira, para os lados de Vargem Grande, havia uma pequena aldeia puri, governada pelo velho e sábio cacique Poju.

Tabara, jovem e valoroso guerreiro membro da aldeia, passou a ambicionar o posto de cacique, além da filha de Poju, a bela Jacyra. O velho cacique, percebendo a dupla ambição de Tabara, tramou sua morte com outro guerreiro, Imburé, ao qual destinara a mão da filha.

Jacyra, que era apaixonada por Tabara, percebendo o complô do pai, sabotou o cordão do arco de Imburé. Quando Imburé estava frente a frente com Tabara, ao esticar o arco para disparar a flecha, este arrebentou, dando oportunidade a Tabara para matá-lo com uma flecha certeira no coração.

Em seguida, Tabara reuniu um grupo de guerreiros para destituir Poju. Ao seguir em direção à casa do cacique para matá-lo,

Jacyra interpôs-se à sua frente, empunhando um ramo da árvore timburibá, o sinal de rendição.

Encerrada a luta, Tabara e Jacyra, com um grupo de guerreiros puris e suas mulheres, deixaram a aldeia e partiram para formar outro grupo independente. Assim, deslocaram-se para a margem esquerda do rio Paraíba, atravessaram-no em canoas e estabeleceram nova aldeia no alto de um morro. Ali, Jacyra plantou o ramo de timburibá, com o qual fizera Tabara e Poju chegar à paz. O timburibá cresceu rapidamente, por interferência do espírito do bem e da paz.

À sombra dele, o casal construiu sua maloca. Era sob essa mesma árvore que a população da nova aldeia se reunia para as cerimônias ritualísticas.

Nessa comunidade, havia outra jovem, chamada Ingaíba, também apaixonada por Tabara, que tentou separá-lo de Jacyra. Para isso, conspirou com Dupaté, o espírito do mal, para fazer crer a Tabara que Jacyra o estava traindo com o melhor amigo, o guerreiro Potiá. Sem nada verificar, Tabara, às escondidas, matou Potiá e deixou que um jaguar bebesse de seu sangue numa grota do maciço do Itatiaia, onde, depois, abandonou o corpo do amigo.

Achando que o filho no ventre de Jacyra fosse de Potiá, Tabara fez com que a esposa bebesse, sem saber, um chá abortivo. Duas horas mais tarde, Jacyra abortou o filho. Ao contemplar a criança, Tabara viu nela os próprios traços. Enquanto sepultava o filho sob o timburibá, Tabara perguntou a Jacyra:

– Você ama Potiá?

Jacyra respondeu:

– Não! Ele vem aqui porque é seu amigo e sai triste quando não o encontra.

Foi aí que Tabara confessou a Jacyra que matara Potiá.

O rapaz convidou a esposa para juntos consultarem Gudiaré, o espírito do bem, que se esconde sob a Pedra Sonora. Este revelou toda a trama da invejosa Ingaíba com Dupaté, o espírito do mal, para separar o casal. Jacyra perdoou Ingaíba, mas foi tomada de imensa tristeza e começou a definhar.

Certa noite, quando Tabara saiu para uma incursão, Jacyra apanhou uma pequena cabaça com veneno e tomou-o de um só gole, junto ao tronco do timburibá, onde caiu morta, abraçada à sepultura do filho. Ao regressar e ver que a esposa estava morta, Tabara foi tomado de grande desespero e tentou se suicidar, batendo a cabeça no tronco do timburibá, até desmaiar.

Refeito do desmaio, Tabara sepultou Jacyra ao lado do filho. Antes de cobrir com terra o corpo da esposa, fez sangrar o próprio peito com a ponta de uma flecha e deixou o sangue jorrar sobre o corpo de Jacyra. Com as mãos postas, murmurou soluçando estas palavras de perdão:

– Jacyra, eu te suplico: perdoa meus erros como perdoaste a malvada Ingaíba. Lava com meu sangue a injúria que cometi contra a tua inocência!

Logo após o sepultamento, Tabara começou a correr, alucinado. Por muito tempo, amargou seus remorsos. Um dia, ele foi encontrado morto no rio Paraíba. O guerreiro puri, que liderava os demais, o sepultou ao lado da esposa e do filho, à sombra do velho timburibá plantado por Jacyra.

KONÃGXEKA, O DILÚVIO MAXACALI

Mito maxacali

Konãgxeka significa "dilúvio" para o povo maxacali, de Minas Gerais. E, segundo os sábios dessa etnia, antes de tudo, havia apenas um homem na terra, que se chamava Xãboxka.

Certo dia, Xãboxka foi tomar água e viu no barreiro uma forma feminina. Fez sexo com ela e foi embora. Quando olhou para trás, viu uma menina, que o chamou de pai.

Xãboxka lhe disse que se casasse com o lobo, o qual a desejou apenas para si, levando-a para casa. Ao chegar, ele a escondeu em uma bolsa de couro. À noite, tirava-a de lá e dormia com ela; de manhã, tornava a guardá-la. Porém, os *yamiys* (os espíritos) traçaram um plano para o coelho vigiar o casal: ele tomaria mel até ficar tonto, fingindo estar doente, e sairia de casa em casa pedindo abrigo para dormir. E assim o coelho o fez, mas ninguém o aceitou. O lobo, porém, o convidou para sua casa. O coelho, então, fingia dormir, mas vigiava o namoro do lobo com sua mulher.

Percebendo o embuste, o lobo pegou um pau em brasa e colocou-o nas costas do coelho. Como não mexia, o lobo achou que o coelho havia morrido. Acreditando-se sozinho, tirou a mulher da bolsa na qual a escondia. Imediatamente, o coelho saiu gritando e contou a todos sobre o namoro que acabara de descobrir. O lobo pegou a esposa e jogou-a para o alto.

A mulher agarrou-se a um galho de árvore e ficou lá em cima. O lobo abraçou-se ao tronco e falou que não tinha mulher. Mas o coelho afirmava estar vendo o colar, a pulseira.... Os outros canídeos, então, juntaram-se para pegar a mulher daquele lobo à noite. Derrubaram-na do galho, cortaram-na em pedaços e dependuraram-na em outros galhos de árvores. Desses pedaços, surgiu o restante do povo. O lobo, sem mulher, passou a viver triste na Kuxex (a casa da religião dos homens). Todos os dias, saía para o pátio, dançando e cantando. Os yamiys, então, chamaram o tatu para cavar o chão, deixando apenas uma fina camada de terra. Quando o lobo passou, a terra se rompeu, e ele caiu no buraco.

O coelho apareceu para ajudar o lobo a sair da armadilha. Ficaram amigos e passaram a viver juntos. Quando há ritual, eles saem da Kuxex cantando e dançando. As mulheres oferecem comida ao lobo, e o coelho é quem a leva.

GLOSSÁRIO

ANGAMARÃ – classe dos feiticeiros na religiosidade tupinambá.

CARAXUÉ – sabiá, ou uma de suas espécies.

KUXEX – a casa dos homens. Cultura maxacali.

NHEENGAIBA – a língua geral paulista (LGP).

PETYGUÁ – cachimbo, em guarani.

TETAMARAMA – reino de Yurupary (ou submundo), segundo a mitologia tupinambá.

XERAMÕI – pajé guarani. Classe dos sábios, na religião tradicional guarani.

YAMIYS – espíritos cuidadores, na mitologia maxacali.